-89-

LA MACHINE À LAVER HANTÉE

Du même auteur :

Contes du chat gris, Boréal Junior, 1994.
Nouveaux contes du chat gris, Boréal Junior, 1995.

Jean-Pierre Davidts

LA MACHINE À LAVER HANTÉE

la vache volante

Illustrations : Luc Bélanger

37, rue de Valcourt
Gatineau (Québec) J8T 8G9

Dépôt légal
Bibliothèque nationale du Québec
Bibliothèque nationale du Canada

ISBN 2-921810-01-8

Pour Bobi, qui m'a ouvert la porte, en espérant qu'un jour je puisse lui renvoyer l'ascenseur.

LA PETITE MAISON SUR LA COLLINE

Moi, je ne crois pas aux fantômes. En tout cas, c'est ce que je disais avant que nous déménagions à Saint-Pamphalon.

Ne cherchez pas sur la carte, Saint-Pamphalon n'y figure pas ! Le village est si petit que les cartographes n'avaient pas de crayon à la pointe assez fine pour marquer son emplacement. Saint-Pamphalon ne compte qu'une vingtaine d'habitations, un vieux magasin général, une laiterie désaffectée, une église et un minuscule hôtel-salle de billard-restaurant où tout le monde, ou presque, se retrouve le samedi soir.

— Chouette, pas d'école ! s'était exclamé Charlie, mon frère, quand nous avions traversé le village pour la première fois.

(En réalité, son nom est Charles-Élie, mais tout le monde l'appelle Charlie depuis qu'il est petit.)

— Ne t'inquiète pas, mon grand, l'autobus scolaire, ça existe ici aussi, avait rétorqué papa en bon rabat-joie que sont tous les parents.

Nous devions y rencontrer monsieur **H**alcourt, le courtier d'immeubles. J'écris Halcourt avec un grand H parce que monsieur Halcourt a l'habitude de mettre des H aspirés un peu partout, surtout là où il n'en faut pas. Monsieur Halcourt avait bien essayé de dissuader papa d'aller à Saint-Pamphalon.

— Mais qu'Hallez vous Hy faire ? s'était-il exclamé. C'est Héloigné de tout ! Vous Hallez Hy mourir d'Hennui.

Papa, pourtant, avait fait la sourde oreille, car il était tombé amoureux de la maison sur la colline dont il avait aperçu l'écriteau «À VENDRE», un jour qu'il rendait visite à un malade.

Je dois vous expliquer que papa est médecin, mais pas un médecin ordinaire. Papa a toujours détesté la ville. C'est pourquoi il exerce sa profession à la campagne. Il se rend de village en village, un peu comme on le faisait autrefois, pour soigner sa clientèle. Saint-Pamphalon se trouve juste au centre géométrique de la région dont il a la charge. L'endroit lui paraissait tout à fait convenable.

Nous étions donc venus visiter la maison.

Elle se juchait tout en haut d'une minuscule colline, un peu à l'écart du village, avec un grand terrain tout autour sur lequel ne poussait aucun arbre. Juste de l'herbe un peu jaune et sèche comme on en voit souvent dans les prairies sablonneuses. Une jolie maison à mansardes, toute blanche avec des volets bleus.

Un escalier gravissait la pente, de la route à la porte d'entrée.

Monsieur Halcourt n'avait pas voulu nous accompagner jusqu'en haut. Il avait seulement donné les clés à papa en disant :

— Hallez-y, je vous Hattends Hici. Je n'Hai pas Hassez de souffle pour grimper les Hescaliers.

Avec tous les H qu'il aspirait en parlant, pas étonnant que le souffle lui manquait !

Nous sommes donc montés, papa, maman, Charlie et moi. Maman a trouvé l'ascension un peu longue. J'ai compris qu'elle pensait à tous les paquets qu'il allait falloir porter jusque là, mais papa a promis qu'il ferait construire une allée carrossable menant à la porte. Moi, j'ai surtout imaginé les belles glissades que réservait une telle pente en hiver.

L'intérieur a immédiatement plu à maman : les nombreuses fenêtres, les planchers en bois et l'âtre dans le salon. Le rez-de-chaussée comptait cinq pièces et l'étage quatre, avec la salle de bains. Dans une petite pièce à côté de la cuisine, nous avons découvert quelque chose d'inattendu.

— Il faudra me débarrasser de cette horreur avant le déménagement, a exigé maman, qui connaît trop bien la nostalgie de papa pour les vieilleries.

— Jeter ça ! s'était indigné celui-ci. Tu n'y penses pas, c'est une vraie pièce de collection.

«Ça», c'était une espèce de gros cylindre en métal plus très blanc, surmonté de deux rouleaux noirs qu'on faisait tourner avec une manivelle.

— Si tu veux la garder, alors trouve-lui un autre endroit. Tu ne t'attends tout de même pas que je m'en serve pour faire la lessive !

S'il s'agissait d'une machine à laver, alors elle devait dater de Mathusalem. Je n'en avais jamais vue de pareille.

— À quoi ça sert ? a demandé Charlie en pointant du doigt les cylindres.

— C'est pour essorer le linge, a expliqué papa. Tu vois, on fait passer les vêtements mouillés entre les rouleaux avec la manivelle, pour en exprimer l'eau. Comme ça.

Afin de bien montrer ce qu'il voulait dire, papa a glissé sa cravate entre les deux cylindres, puis a fait tourner un peu la manivelle. On a entendu un grincement terrible, comme si dix mille voitures freinaient brusquement en même temps, et un bout de la cravate a disparu entre les rouleaux.

— Zut alors ! Elle est coincée, a fait papa quand il a essayé de la récupérer.

— Ne tire pas trop, tu vas la déchirer, l'a prévenu maman.

Maman est très fière de cette cravate. J'étais avec elle quand elle l'a achetée. Une cravate comme celle-là, il n'y en avait plus qu'une au magasin et elle ornait le cou d'un mannequin, dans la vitrine. Comme le vendeur refusait absolument de défaire l'étalage juste pour une cravate, maman avait déclaré qu'elle s'en chargerait elle-même. Le gérant s'était interposé en promettant qu'on la lui garderait quand viendrait le moment de changer l'étalage, mais maman tenait absolument à en faire cadeau à papa immédiatement. Elle avait déclaré bien fort que c'était une honte de traiter les clients ainsi, qu'elle ne remettrait plus jamais les pieds dans le magasin qui, d'ailleurs, vendait tout à des prix exorbitants.

De plus en plus de curieux s'étaient attroupés autour de nous, pour suivre la conversation. Finalement, le gérant avait soupiré : «C'est d'accord, madame, nous allons vous la chercher mais, de grâce, calmez-vous.»

Résultat, un mannequin sans cravate a occupé la vitrine pendant tout un mois.

C'est ce que papa appelle de la détermination.

Quand elle lui avait raconté l'histoire, papa avait embrassé maman en déclarant que c'était la plus belle cravate qu'on lui avait jamais offerte.

Papa n'aime pas tellement porter une cravate mais, pour faire plaisir à maman, il la met souvent quand il l'accompagne. Pour aller travailler aussi, quoique là, je sais qu'il l'enlève et la glisse dans sa poche dès que la maison est hors de vue.

Papa appelle ça de la diplomatie.

Là, il s'était mis dans une drôle de situation, la cravate coincée entre les rouleaux qui lui tirait la tête en avant. Si Charlie et moi on a trouvé la scène plutôt cocasse, maman, elle, n'a pas paru du tout du même avis. Elle n'a pas eu vraiment l'air amusé. Elle déteste qu'on la mette dans l'embarras.

— Peut-être qu'en la faisant avancer un peu... a témérairement proposé papa.

Maman n'a pas répondu mais à son regard, j'ai compris qu'elle se méfiait de son idée. Papa, lui, n'a rien remarqué, comme d'habitude. Il a actionné la manivelle qui a grincé encore plus fort. Et avec le grincement, s'est fait entendre un autre bruit. Comme celui d'un tissu qui se déchire.

— Toi et tes idées stupides ! a sifflé maman entre ses dents.

Papa a tiré sur la cravate qui, cette fois, est venue toute seule.

Malheureusement, son apparence avait un peu souffert. Quatre longues déchirures en transformaient le bout en franges.

— Ah ! C'est malin ! Cette cravate est fichue maintenant.

Maman en a saisi le bout et l'a tiré d'un coup, pour l'examiner de plus près, manquant faire tomber papa par la même occasion. Quand elle est énervée, maman a le tempérament un peu vif.

C'est alors qu'on a entendu «***HAHAHAHAHAHA***».

Maman s'est retournée pour dévisager Charlie. Si ses yeux avaient été des couteaux, ils l'auraient coupé en petits morceaux.

— C'est pas moi, a protesté mon frère.

— Ne conte pas de mensonge, Charlie, j'ai reconnu ta voix.

— Mais...

Les couteaux dans ses yeux se sont transformés en mitraillettes et Charlie a jugé préférable de se taire.

Nous sommes sortis de la maison, maman en tête, d'une humeur massacrante, papa ensuite, l'air piteux en tenant sa cravate, et nous deux derrière.

— Pourquoi t'as ri ? ai-je chuchoté à Charlie. Tu veux mourir, ou quoi ?

— Mais puisque je vous dis que ce n'est pas moi.

— Bon, bon, t'énerve pas. Pourtant, ça ressemblait drôlement à ta voix.

Il a grommelé quelque chose que je n'ai pas compris au sujet des filles et je n'ai pas insisté.

Monsieur Halcourt attendait toujours au pied de l'escalier, près de la voiture.

— Halors ? a-t-il demandé à papa. Helle vous plaît ?

— Énormément, lui a répondu papa pendant que maman et Charlie sont retournés s'asseoir dans la voiture. Combien ?

Là, monsieur Halcourt a paru embarrassé. Il a ouvert son livre où sont inscrites toutes les maisons qu'il a à vendre et il a fait d'une toute petite voix : «Euh, vingt mille».

— Vingt mille ! s'est exclamé papa. Vous plaisantez.

Moi aussi, j'ai trouvé qu'il exagérait. Vingt mille dollars pour une maison, même si jolie, c'est beaucoup trop.

Je me suis rendue compte que je me trompais quand papa a ajouté : «Vingt mille, mais c'est ridicule. On ne vend pas une maison si bon marché, même à Saint-Pamphalon. Qu'est-ce que cela cache ? Elle est construite sur des sables mouvants ?»

— Non, non, rassurez-vous, s'est empressé d'ajouter monsieur

Halcourt. La construction Hest parfaite. Si vous voulez, je peux vous fournir le rapport d'Hinspection. Vous verrez que tout Hest Hen Hexcellent Hétat.

— Alors, où est l'astuce ? On ne fixe pas un prix comme ça sans raison.

Monsieur Halcourt a semblé bien embêté. Il a tripoté son stylo, regardé par terre, s'est balancé un peu sur ses pieds, puis a dit si bas qu'on a eu de la peine à l'entendre : «La maison Hest Hantée.»

— Quoi ?

— La maison Hest **H**antée.

J'ai écrit un très grand H parce que ce H-là, monsieur Halcourt l'a tellement aspiré qu'on aurait cru qu'il voulait avaler le mot tout entier.

— Hantée, a ri papa. Allons donc. À notre époque ? Qui croit encore à pareilles balivernes ?

Moi, quand monsieur Halcourt a dit ça, j'ai tout de suite pensé au rire que nous avions entendu. Charlie avait peut-être raison en prétendant que ce n'était pas lui, mais je n'ai rien dit parce que papa m'aurait fait taire et puis, un fantôme, j'ai trouvé ça bigrement intéressant.

C'est ainsi que nous avons acheté la maison hantée de Saint-Pamphalon.

POPEYE LE MALIN

Nous avons déménagé un mois plus tard, le 15 juillet, en pleine canicule. La même journée, je rencontrais Mireille. Le père de Mireille est propriétaire de l'hôtel de Saint-Pamphalon. C'est lui qui accueille les voyageurs, prépare les repas et sert à manger et à boire. Sa mère, elle, s'occupe de la comptabilité et du ménage, avec l'aide de Mireille.

Maman m'avait envoyée acheter deux bouteilles de boisson gazeuse à l'épicerie, en attendant qu'arrivent les déménageurs. L'épicerie se trouve juste à côté de l'hôtel. Quand je suis arrivée, Mireille sortait les poubelles.

— Salut, m'a-t-elle dit.

— Salut.

— Tu es nouvelle par ici, je ne t'ai jamais vue. Moi, je m'appelle Mireille, et toi ?

— Ariane. Ariane Cajot.

— Cajot, c'est pas un nom de chez nous ça.

— Non, papa est né en Europe, en Belgique.

— C'est vous qui avez acheté la maison hantée, sur la colline ?

C'était la deuxième fois qu'on prétendait la maison hantée. Monsieur Halcourt y avait fait allusion le premier. Maintenant, c'était au tour de Mireille.

— Allons donc, les fantômes, ça n'existe pas, ai-je répliqué bravement en espérant par la même occasion en apprendre davantage.

Quand Mireille m'a répondu, j'ai compris au ton de sa voix que je l'avais vexée.

— À la ville peut-être, mais ici, à la campagne, il se passe toutes sortes de choses qu'on ne voit pas ailleurs.

— Et qu'est-ce qu'il fait de si terrible ce fantôme, à part effrayer les gens de la campagne ? Te fâche pas, j'ai dit ça pour te tirer la pipe. Si tu dis qu'il y a un fantôme, c'est sûrement vrai. Seulement, comme je n'en ai jamais vu, je trouve ça un peu difficile à croire. À quoi ressemble-t-il ?

Mireille a réfléchi un moment.

— Je ne sais pas. Moi non plus, je ne l'ai jamais vu, mais mon père le saurait peut-être. Il n'arrête pas d'en parler aux clients de l'hôtel.

J'aurais aimé qu'elle m'en raconte un peu plus. Malheureusement, maman m'attendait et Mireille avait du travail à faire. Nous avons décidé qu'on en reparlerait une autre fois et je suis repartie avec les deux bouteilles d'eau gazeuse.

Quand je suis arrivée à la maison, un gros camion était garé sur le côté de la route. Papa discutait avec deux hommes qui n'avaient pas l'air très content. Ils n'arrêtaient pas de regarder le long escalier qui monte jusqu'à la maison. J'ai grimpé en vitesse les 55 petites marches pour remettre les bouteilles à maman, qui attendait sur le pas de la porte. Papa nous a rejointes presque tout de suite.

— Que se passe-t-il ? a interrogé maman.

— Apparemment, j'ai oublié de mentionner l'escalier. Cela va nous coûter cent dix dollars de plus.

— Cent dix dollars ! s'est-elle exclamée. Mais c'est du vol !

J'ai dit : «C'est drôle, ça revient exactement à deux dollars la marche.»

Maman m'a regardée et j'ai compris qu'il valait mieux que je pratique le calcul mental à un autre moment.

— J'espère qu'à ce prix-là, ils vont nous débarrasser de la ferraille qui encombre la salle de lavage.

Après avoir donné son ultimatum, elle a fait demi-tour et est rentrée à la maison.

Les deux déménageurs ont fait un voyage, puis papa les a pris à part pour leur expliquer ce qu'avait demandé maman. Voyant qu'ils hésitaient, papa les a convaincus en leur glissant discrètement un billet de vingt dollars dans la main après s'être assuré que maman ne regardait pas de son côté.

— Pas de problème, m'sieu, on vous descend ça à la cave en deux temps, trois mouvements.

Je trouvais les déménageurs – un gros musclé et un grand maigre – plutôt mal assortis. Le costaud – c'était toujours lui qui parlait pour les deux – portait un maillot de corps à rayures bleues et sur ses bras, on pouvait lire le nom Popeye tatoué au-dessus d'une boîte d'épinards. Papa leur a montré la vieille machine à laver.

— Faites attention, elle m'a l'air passablement lourde.

Popeye a regardé papa avec un petit sourire en coin et s'est approché de lui en repliant le bras gauche. Quand les muscles ont sailli, on aurait dit que la boîte tatouée s'ouvrait et que des épinards en sortaient.

— Tâtez-moi ça, c'est pas du pipi de chat. Allez-y, n'ayez pas peur, touchez la marchandise. Dur comme l'acier.

Pour faire plaisir au déménageur, papa a touché du bout des doigts la grosse boule de chair.

— Beaux biceps en effet.

— Là, qu'est-ce que je vous disais. D'ailleurs, vous allez voir. La machine à laver qui résistera à Popeye Dufour n'a pas encore été fabriquée.

Son compagnon s'est avancé pour l'aider, mais il l'a arrêté.

— Laisse travailler les grandes personnes, Dédé.

— T'aime pas mieux que je te donne un coup de main ?

Popeye a froncé les sourcils, un peu agacé.

— Pas besoin, garde tes forces pour les boîtes de linge. Je veux juste montrer à monsieur qu'il n'a pas affaire à des mauviettes.

— Bon, comme tu veux.

Dédé s'est résigné et nous a rejoints dans le couloir pour laisser plus d'espace à son compagnon. Son visage en disait long sur ce qu'il pensait de cette démonstration.

POPEYE

Popeye a étudié le monstre sur toutes ses coutures, s'est redressé, nous a souri, a craché dans ses mains, puis a empoigné la machine à bras-le-corps. Avant de la soulever, il a relevé la tête et nous a dit : «Pas d'applaudissements pendant que l'artiss fait son travail, siouplaît.»

Épaté par tant de modestie, Dédé a quand même discrètement laissé échapper un *pffft*. Les muscles arc-boutés, Popeye a fait un grand HAN ! sonore et tiré vers le haut.

La laveuse n'a pas bougé d'un millimètre.

Popeye nous a regardés, un peu gêné.

— Hé, hé. Suspense. Petite erreur de manœuvre. Attention, à trois, en-levez, c'est pesé. Un, deux, trois. HAAAAAN !

Le corps de Popeye a eu l'air de gonfler comme un ballon. Sa figure a viré au rouge, au cramoisi, au violet.

Mais la machine à laver ne s'est pas déplacée d'un poil.

Dédé s'est avancé à la hâte.

— Arrête, Popeye, ton tour de reins. Tu vas encore te retrouver à l'hôpital.

Popeye a fait la sourde oreille et a essayé de soulever la machine encore deux fois, précédant chaque essai d'un HAN de plus en plus faible et rauque, sans succès. Quand il a abandonné, sa figure était blanche comme un drap.

— Fini ! Je suis un homme fini. Même plus capable de soulever une vieille casserole comme celle-là.

— T'inquiète pas Popeye, l'a rassuré son ami. Des pannes comme ça, ça arrive à tout le monde.

Papa est intervenu.

— Mais oui, reposez-vous un instant. Je vais aider votre collègue à la descendre.

Le gros déménageur a relevé la tête, un petit sourire sardonique aux lèvres, comme s'il doutait qu'un tel exploit soit réalisable.

— J'aimerais bien voir ça, a-t-il déclaré d'un ton sarcastique.

Papa et Dédé ont empoigné la lessiveuse.

— Prêt ?

— Quand vous voudrez, a répondu papa.

— Alors, à trois. Un, deux, trois, hop !

La machine s'est soulevée si facilement que papa, qui avait bandé tous ses muscles en s'attendant à devoir faire un effort surhumain, a failli perdre l'équilibre.

Surpris, il a dit, sans réfléchir : «Mais, elle pèse une plume cette machine», et ils ont pris le chemin de la cave pendant que Popeye sanglotait dans son coin.

Quand le camion, une fois vidé, est reparti pour Québec, Popeye pleurait encore.

Le plus étrange cependant est que chaque fois qu'il remettait le pied dans la maison, durant le déménagement, j'aurais juré que quelqu'un pouffait de rire à la cave.

UN LAITIER SOUPE AU LAIT

Les déménageurs partis, a commencé le grand déballage. Charlie et moi avons rangé notre chambre pendant que papa et maman s'occupaient des autres pièces.

Vers dix-sept heures, tout était pratiquement terminé. Comme nous étions tous assez fatigués, papa a proposé d'aller manger au restaurant. Maman devait vraiment être épuisée car, pour une fois, elle a accepté.

C'est ainsi que nous nous sommes retrouvés dans la salle à manger de l'hôtel.

Quand nous sommes arrivés, Mireille aidait son père à nettoyer une table. Je lui ai fait signe de la main et elle m'a répondu de la même façon. Papa a choisi une place près de la fenêtre.

Nous venions à peine de nous installer que le père de Mireille est venu nous rejoindre.

— Bonjour. Ernest Mongrain, patron de ce modeste établissement, a-t-il déclaré en tendant la main.

Papa a pris la main qu'on lui offrait avant de se présenter à son tour.

— Enchanté. François Cajot, médecin de campagne. Voici Claire, ma femme et mes enfants, Ariane et Charles-Élie. Nous venons d'emménager dans votre charmant village. La maison sur la colline.

— Ah ! C'est vous qui avez acheté la maison hantée, a répliqué monsieur Mongrain.

Là, maman s'est figée. C'était la première fois qu'elle entendait parler d'une maison hantée.

— Hantée ? Quelle maison hantée ?

— Euh, chérie... a bégayé papa, embarrassé. Je voulais justement te le mentionner l'autre jour, mais...

Papa est comme ça. Il veut faire une chose, puis il pense à une autre et oublie la première.

Il faisait chaud dans la salle à manger, mais tout à coup, on aurait cru que notre table se trouvait au pôle Nord. Papa dit parfois qu'il n'y a personne comme maman pour changer l'atmosphère d'une pièce.

Elle l'a trucidé du regard. Maman est passée experte dans l'art de tuer les gens avec les yeux. Sachant qu'il avait fait une bêtise, papa a essayé de se trouver une excuse. Maman appelle ça noyer le poisson. C'est une drôle d'expression parce que je ne vois pas très bien comment un poisson qui passe toute sa vie dans l'eau pourrait se noyer.

— Je voulais t'en parler, mais j'ai trouvé l'histoire tellement ridicule...

— Ce n'est pas une histoire, monsieur Cajot, c'est la VÉ-RI-TÉ, a insisté le père de Mireille en hachant le mot vérité pour lui donner encore plus de poids.

— Voyons, monsieur Mongrain, des fantômes, à notre époque ! a protesté papa pour le bénéfice de maman qui pianotait de plus en plus fort des doigts sur la table.

— Je sais, ça paraît incroyable, mais je vous assure, le fantôme existe bel et bien.

Et il a entrepris de nous en raconter l'histoire.

Au début du siècle, la maison appartenait au propriétaire de la vieille laiterie, un homme colérique, qui s'emportait pour un oui ou un non et d'une jalousie sans bornes. Pour son malheur, le laitier avait épousé une très jolie femme. Il avait fait construire la maison à cet endroit pour le superbe panorama, avait-il expliqué à celle-ci, mais en réalité c'était pour mieux la surveiller : de la laiterie, rien de ce qui se passait chez lui ne lui échappait.

Le couple avait un enfant, un bambin de huit mois, si turbulent qu'on ne pouvait le laisser seul deux secondes.

Un jour, un colporteur avait sonné à la porte, un charmant jeune homme qui vendait de village en village des bas de soie, ainsi qu'on avait coutume d'en porter à l'époque. La jeune femme savait combien son mari était jaloux, mais elle avait une folle envie d'acheter des bas. Elle avait donc prié le colporteur d'entrer.

Le laitier, qui avait observé la scène, s'était précipité chez lui comme un fou pour y trouver sa femme en train d'enfiler un bas, dévoilant sa belle jambe au jeune homme.

Il était entré dans une si violente colère qu'il avait catapulté le colporteur à la porte à grands coups de pied dans le derrière avant de s'en prendre à son épouse. Pendant leur altercation, les époux avaient négligé de surveiller le bébé. Ils ne l'avaient retrouvé qu'au soir.

Le garçonnet avait profité de ce qu'on ne s'occupait pas de lui pour monter sur une chaise puis, de là, grimper sur la machine à laver dans laquelle trempaient des vêtements. Il était tombé dans la cuve et s'y était noyé.

Au comble du désespoir, le laitier s'était suicidé le lendemain d'une indigestion de lait tourné, tandis que sa jolie femme avait cherché consolation en ville, dans les bras du colporteur.

— Quelle horreur ! a dit maman en frémissant. La machine à laver dans laquelle on a découvert le bébé, est-ce celle qui se trouve dans la maison ?

— Oui, madame. À votre place, je m'en débarrasserais sans tarder.

— Pour une maison du début du siècle, elle me paraît rudement en bon état, a grommelé papa dans l'espoir de faire dévier la conversation.

— Les héritiers l'ont rénovée, mais n'ont jamais voulu y habiter et aucun acquéreur ne s'y est intéressé avant vous. Avez-vous noté des choses bizarres depuis votre arrivée ?

Papa s'est efforcé de mettre un terme à la discussion.

— Non. Nous n'avons pas entendu de bruits de chaîne, ni de hurlements, si c'est ce que vous voulez dire. Tout cela est ridicule. De toute façon, j'ai fait descendre la machine à la cave.

Monsieur Mongrain nous a souhaité bon appétit avant de nous quitter pour préparer notre repas à la cuisine.

— Tu crois que cette histoire est vraie, s'est enquise maman un peu craintive.

— Moi, j'aimerais bien rencontrer le fantôme, a déclaré Charlie.

Papa est devenu tout rouge.

— Une fois pour toutes, mettez-vous dans la tête que les fantômes, ça N'EXISTE pas !

Tout le monde a compris que le sujet était clos et qu'il valait mieux ne plus remettre la question sur le tapis.

PAPA N'A PAS RAISON

Quand je me suis réveillée le lendemain, il n'y avait personne à la maison que Charlie et moi. Papa était parti très tôt faire sa tournée, ainsi qu'il en a l'habitude, et maman l'avait accompagné pour qu'il la dépose en ville. Sur le réfrigérateur, j'ai trouvé un mot me demandant de garder Charlie jusqu'à leur retour.

Vers dix heures, on a cogné à la porte. C'était Mireille. Elle voulait savoir si je pouvais venir jouer avec elle.

— Entre, lui ai-je dit. Je dois rester ici pour surveiller mon frère, mais nous pourrons jouer à l'intérieur. De toute façon, on dirait qu'il va pleuvoir.

De gros nuages blancs commençaient à s'empiler dans le ciel. La radio venait d'ailleurs d'annoncer une veille météorologique. Nous sommes montées dans ma chambre choisir un jeu et nous sommes installées sur la carpette. Toutes sortes de bruits sortaient de la chambre de Charlie : des *tacatac*, des *vroumm* et parfois des *aaaaah*. Charlie peut passer des heures et des heures avec ses «poupées de garçon». C'est ainsi que j'appelle ses robots transformables, pour l'agacer.

J'ai trouvé ça drôlement chouette de jouer avec Mireille parce qu'elle est à peu près de la même force que moi et que c'est plus difficile de gagner. Nous nous amusions tellement que nous n'avons pas vu le temps passer.

Tout à coup, la pièce s'est assombrie.

— Qu'est-ce qui se passe, il n'est quand même pas si tard ?

— C'est l'orage. Il est sur le point d'éclater, a prophétisé Mireille.

Je l'ai rejointe à la fenêtre pour mieux voir.

De blanc, les nuages avaient viré au noir et s'entassaient les uns sur les autres au point de barrer l'horizon. Puis, le vent s'est levé subitement et les a poussés vers nous. On aurait dit qu'une vague d'eau noire allait engloutir la maison. Les roulements du tonnerre, de plus en plus forts, se rapprochaient rapidement.

— Ça va tomber, je ferais mieux de fermer les fenêtres.

— Attends, je vais t'aider.

Nous avons juste eu le temps de faire le tour de la maison avant qu'un éclair déchire les nuages avec un énorme CRRRAAC. Le vent a secoué les arbres comme des plumeaux, envoyant les feuilles voler dans tous les sens. Il faisait si noir à l'intérieur que nous avons dû faire de la lumière. Ensuite, il s'est mis à pleuvoir à grosses gouttes. La foudre a frappé le sol une fois, très près, et tout s'est éteint dans la maison.

— Zut ! Une panne.

Comme il n'y avait pas grand-chose à faire dans le noir, nous sommes restées à regarder les éléments se déchaîner dehors.

— On dirait un film d'horreur, a dit Mireille, le nez collé contre la vitre.

La même pensée a dû nous traverser l'esprit, car elle s'est brusquement tournée vers moi et nous nous sommes exclamées : «Le fantôme !»

Puisque nous nous trouvions dans une maison «hantée», pourquoi ne pas en profiter pour monter une expédition ? J'ai récupéré la lampe de poche que je garde dans ma chambre pour les urgences de ce genre et nous nous sommes mises en chasse.

— Nous pourrions commencer par la cave, ai-je suggéré. C'est là qu'on a remisé la vieille machine à laver.

— L'arme du crime !

— Brrrrrr.

Nous sommes descendues. Malheureusement, en arrivant dans la cuisine, l'éclairage s'est rétabli, ce qui gâchait l'atmosphère. Nous avons tout de même décidé de poursuivre l'expédition, sans allumer dans la cave. C'était bien plus excitant de faire comme s'il n'y avait pas d'électricité. D'habitude, dans les films d'horreur, les maisons hantées n'ont jamais d'électricité.

Nous étions presque arrivées en bas de l'escalier quand tout à coup une grosse voix sépulcrale a dit : «Qu'est-ce que vous faites làààààà ?»

Nous avons laissé échapper un cri toutes les deux avant de nous rendre compte qu'il ne s'agissait que de Charlie. Celui-ci s'est mis à rire sans pouvoir s'arrêter du bon tour qu'il venait de nous jouer.

— Ha, ha, ha, froussardes. Je vous ai bien eues, hein ?

J'aurais aimé l'étrangler, mais puisqu'on n'étrangle pas son frère, je me suis promis qu'un jour je lui rendrais la monnaie de sa pièce. Quand il s'est enfin calmé, il a voulu savoir ce que nous fabriquions en bas, dans le noir.

— Nous chassons le fantôme, ai-je répondu en espérant lui faire un peu peur.

Je n'avais oublié qu'une chose : Charlie n'a peur de rien, sauf de manquer son feuilleton de science-fiction à la télé, le samedi soir. Il s'est exclamé : «C'est une superbonne idée. Attendez-moi, je reviens tout de suite.»

Nous avons entendu une galopade. Quelques secondes plus tard, il était de retour avec un attirail convenant aux circonstances : un casque, un bouclier et son fusil à gelée que maman lui a interdit d'utiliser à l'intérieur depuis qu'il a transformé le chat de tante Ursule en vieille boule de gomme à mâcher.

— Je suis prêt. Le fantôme n'a qu'à bien se tenir.

Mireille m'a regardée, l'air de dire : «Quelle espèce de zigoto as-tu pour frère ?» J'ai haussé les épaules et nous sommes partis à l'aventure.

J'avais pensé qu'explorer la cave dans l'obscurité avec la lampe de poche serait une bonne idée, mais le fracas du tonnerre et les ténèbres troués d'éclairs m'en faisaient douter. Si je n'avais pas eu peur que Charlie me traite encore de poltronne, je serais remontée faire de la lumière.

La machine à laver m'a paru drôlement plus effrayante que lorsqu'elle était en haut. Dans la lueur blafarde des éclairs, elle ressemblait à un de ces sarcophages dans lesquels dorment les momies.

La machine brillait-elle d'un éclat bizarre, ou était-ce mon imagination ? Il allait sûrement se produire quelque chose. Elle allait se précipiter sur nous pour nous avaler dans sa cuve ou nous broyer les os entre ses rouleaux.

— Alors, vous avancez ou quoi ? s'est énervé Charlie en me poussant dans le dos.

Puisqu'il était si pressé, je lui ai cédé le passage. Et tant pis pour lui s'il se faisait dévorer ! Nous avons attendu prudemment, deux pas derrière, qu'il parvienne à la machine.

Je ne sais pas exactement ce à quoi je m'attendais. À voir des lueurs étranges, à ce qu'une apparition se manifeste peut-être, ou à ce que la machine bouge ou émette toutes sortes de bruits, mais il ne s'est rien passé du tout. Ce n'était qu'une bête machine à laver de l'ancien temps, poussiéreuse et mangée par la rouille. Et moi qui espérais assister

à un spectacle mettant en scène des spectres ou des revenants. Quelle idiote !

— Alors, où qu'il est le fantôme ? a ronchonné Charlie.

Je l'ai écarté pour projeter le faisceau de la lampe dans la cuve. Elle était complètement vide, sauf peut-être un petit peu d'eau couleur de rouille, au fond. J'étais vraiment déçue. Même l'orage, dehors, se calmait. Par le soupirail, on apercevait des colonnes de soleil creuser les nuages. Charlie n'a pas caché sa déception.

— Pffft ! Alors, c'est tout ?

— Je crois que papa a raison, ai-je fini par admettre. Les fantômes, ça n'existe pas.

Nous avons rebroussé chemin pour regagner l'étage, mais au moment où nous mettions le pied sur l'escalier, j'ai entendu comme un déclic. Je me suis retournée. La machine vibrait comme si elle était sur le point d'exploser. J'ai cru que mon cœur allait s'arrêter. Mireille a hurlé. Même Charlie n'a pas osé lever son fusil à fantômes. Nous avons escaladé l'escalier quatre à quatre pendant que, dans la cave, le fantôme s'esclaffait : «***HAHAHAHAHA***».

UNE COUPE DE CHEVEUX À LA MODE

Papa et maman sont rentrés vers dix-sept heures.

— Tout s'est bien passé, ma chérie ?

— Oui, maman, à part une toute petite panne de courant à cause de l'orage.

Je ne tenais pas à raconter notre expédition manquée, mais c'était compter sans Charlie, qui ne rate pas une occasion de faire l'important.

— Et le fantôme alors ? a-t-il dit assez haut pour que tout le monde l'entende.

Maman a blêmi légèrement, puis ouvert la bouche, sans doute pour demander des explications, avant que papa lui coupe la parole.

— Voilà ce qui arrive quand on raconte des sornettes. Les enfants ne savent plus distinguer la réalité de l'imaginaire. Et à quoi ressemble-t-il ce fantôme ?

— Ben, je ne sais pas moi, a piteusement avoué Charlie. On l'a pas vu.

Papa a levé les bras au ciel.

— Un fantôme invisible ! C'est la meilleure.

— Mais on l'a entendu, s'est empressé d'ajouter mon frère qui sentait la situation lui échapper.

Maman est venue à sa rescousse.

— Allons, inutile de s'énerver. Nous en reparlerons plus tard à tête reposée. Le plus important pour l'instant, c'est de manger un bon repas. Va te changer pendant que je m'en occupe avec Ariane, mon chéri. Et toi Charlie, va ranger ta chambre, je suis sûre que c'est encore un vrai champ de bataille.

Charlie s'est esquivé à l'étage, suivi par papa que j'ai entendu grommeler : «Ce n'est pas Charlie qu'on aurait dû l'appeler, c'est Jeanne d'Arc.»

— Aide-moi à préparer le dîner, Ariane, tu m'expliqueras ce qui s'est passé.

J'ai sorti des légumes du réfrigérateur pour faire une salade pendant que maman apprêtait du poulet.

Je dois préciser que maman se soucie beaucoup de son alimentation. Et de la nôtre par la même occasion. Quand un spécialiste en nutrition déclare que telle ou telle chose est bonne pour la santé, vous pouvez être sûr que nous en aurons sur la table le lendemain.

Poulet grillé sans peau et salade, yogourt et fruits frais, voilà sa spécialité. Papa, lui, serait plutôt du genre bifteck et frites avec une bonne sauce à la crème et un gros morceau de gâteau au chocolat. Il ne déteste pas le poulet, mais servi trois fois par semaine, il prétend sentir des plumes lui pousser sur le crâne. Pour sa part, maman soutient qu'en tant que médecin, il doit montrer l'exemple, alors il se tait.

Un jour, Charlie et moi avons découvert des tablettes de chocolat et des croustilles dans un tiroir de son bureau. Depuis, papa nous permet de puiser dans sa réserve à condition que nous n'en parlions pas à maman.

— Alors, qu'est-il arrivé, exactement ?

J'ai raconté la tempête, puis le jeu que nous avions imaginé sans mentionner que la machine à laver s'était mise à rire. J'ai simplement dit que nous avions entendu de drôles de bruits dans la cave. D'ailleurs, je me demandais si nous n'avions pas rêvé.

Très rationnelle, maman est parvenue à la conclusion qu'il devait y avoir des souris au sous-sol. Elle demanderait à papa de ramener quelques pièges.

Comme le poulet n'était pas encore cuit et que j'avais terminé la salade, maman m'a rendu la liberté. J'ai décidé d'en avoir le cœur net et de retourner faire un tour en bas.

— Où vas-tu Ariane ?

— À la cave.

— Trouver ton fantôme ?

Je m'étais préparée à cette question.

— Non, il me manque quelques affaires dans la chambre, il doit rester une boîte que j'ai oublié de vider.

— Sois tout de même prudente. Il arrive qu'on fasse des mauvaises rencontres dans une cave.

J'ai compris qu'elle se moquait gentiment de moi.

— Promis.

Cette fois, je n'ai pas pris ma lampe de poche, j'ai allumé.

Si la vieille lessiveuse paraissait beaucoup moins effrayante dans la clarté des ampoules électriques, je me suis quand même approchée avec circonspection. Comme rien ne se passait, je me suis demandée si ce que nous avions vu et entendu n'était pas le fruit de notre imagination.

J'ai examiné la machine de plus près. Ce que j'avais aperçu au fond de la cuve m'intriguait particulièrement. J'ai avancé la tête parce que la lumière pénétrait mal à l'intérieur. Quelque chose brillait dans la pénombre. Non, je ne m'étais pas trompée, il s'agissait bien d'eau. Comment de l'eau pouvait-elle encore se trouver là-dedans après tant d'années ? Elle aurait dû s'être évaporée depuis belle lurette.

J'ai plongé la main dans la machine pour en prendre un peu, mais mes doigts n'ont touché que le métal. Bizarre. J'ai regardé de nouveau. Pourtant, le liquide tapissait tout le fond de la cuve. Je n'avais pas dû enfoncer le bras assez profondément. Sans doute avais-je touché la paroi. J'ai recommencé en me penchant dans l'ouverture pour mieux voir. Et là, j'ai vraiment eu peur.

L'EAU RECULAIT DEVANT MA MAIN POUR NE PAS SE FAIRE PRENDRE, COMME SI ELLE ÉTAIT VIVANTE !

Tout le liquide s'était ramassé d'un côté pour faire une grosse boule qui roulait autour de l'agitateur de manière à rester à distance prudente de ma main.

J'ai pensé : «Il faut absolument que j'en attrape un peu pour le montrer à papa.» J'ai regardé autour de moi et aperçu la boîte dans laquelle maman range ses bocaux à conserve vides. Exactement ce qu'il me fallait. J'ai pris un pot, en ai enlevé le couvercle et suis retournée à la machine à laver.

L'eau recouvrait de nouveau le fond. J'ai réfléchi un instant à la meilleure façon de procéder. Finalement, j'ai décidé de chasser l'eau d'une main pour qu'elle fasse le tour de l'agitateur et entre dans le bocal ouvert par l'autre côté.

J'ai poussé une caisse contre la machine et suis grimpée dessus. Ainsi, je pouvais travailler à mon aise. Pliée en deux contre le bord, j'ai plongé les deux bras dans la cuve. L'eau s'est tout de suite réfugiée dans un coin. Enfin, pas vraiment un coin, parce qu'un rond n'en a pas, mais elle s'est ramassée d'un côté. J'ai approché la main droite de la boule pour qu'elle roule vers le pot que je tenais avec la main gauche.

Je croyais bien être sur le point de réussir quand l'agitateur a bougé brusquement et m'a frappé la main. J'ai crié «Aïe !» en lâchant le bocal. En même temps, ma tête a heurté les rouleaux de l'essoreuse. Puis les cylindres ont commencé à tourner en emprisonnant mes cheveux. Là, ça m'a vraiment fait mal.

— Maman, maman, au secours ! ai-je crié très fort. Les rouleaux tournaient toujours. Encore un peu et cette stupide machine allait m'arracher la tête.

— Maman, maman !

— Voilà, voilà, j'arrive. Que se passe-t-il ?

Je l'ai entendue arriver derrière moi. L'essoreuse s'est aussitôt arrêtée. J'avais une grosse touffe de cheveux coincée entre les rouleaux.

— Mais comment as-tu réussi ton compte ? s'est exclamée maman. Ne bouge pas, tu vas te faire mal.

Elle a tiré sur la manivelle pour essayer de faire tourner les rouleaux en sens inverse, ce qui m'aurait dégagée. Mais la manivelle refusait obstinément de bouger.

— Rien à faire, c'est bloqué. Désolée, ma chouette, il va falloir couper.

Elle est remontée chercher des ciseaux.

Quand j'ai enfin pu me redresser, il me manquait une grosse mèche sur le côté de la tête. Je ne savais pas quel air cela me donnait, mais le sourire en coin de maman ne m'a pas rassurée. J'ai regardé la longue couette qui pendait lamentablement entre les rouleaux. Maman a tiré une fois de plus, par acquit de conscience, et les cheveux ont glissé tout seuls, comme si plus rien ne les retenait. Les rouleaux tournaient aussi facilement que s'ils venaient d'être graissés.

— Ma pauvre chérie, a compati maman avant de retourner à la cuisine terminer le repas.

Je suis restée un moment en bas à me passer et repasser la main sur la tête, là où il y avait comme un trou dans la chevelure. J'étais sûre que ce qui venait de m'arriver était la faute du fantôme. Ah, il devait bien rigoler là-dedans ! J'étais tellement furieuse que je n'ai pas pu m'empêcher de donner un coup de pied dans la machine. De la cuisine, maman m'a crié de monter, qu'elle allait servir. Quand j'ai éteint la lumière, en haut de l'escalier, un joyeux «HAHAHAHAHAHA» est sorti du fond de la cave. Cette fois, il ne s'agissait pas de mon imagination. Je l'avais bien entendu.

Maman m'a coupé une deuxième couette, de l'autre côté de la tête, et a raccourci un peu le reste des cheveux. Ainsi, je pourrais au moins prétendre qu'il s'agit d'une nouvelle mode. Papa et Charlie ont fait un grand sourire quand ils m'ont vue coiffée de cette façon. Sans doute se seraient-ils mis à rire eux aussi si maman n'avait pas pris ses yeux meurtriers.

Moi, je n'ai pas dit un mot du dîner. Je n'avais qu'une idée en tête : trouver le moyen de me venger de ce fichu fantôme.

PAS BAVARDE LA PIE

J'ai retrouvé Mireille le lendemain.

— Qu'est-ce que tu fais avec ça sur la tête ? m'a-t-elle demandé en me voyant.

Par «ça», elle voulait dire la casquette que j'avais empruntée à mon frère. Charlie en a toute une collection. D'ailleurs, il collectionne toutes sortes de choses : des timbres, des pièces de monnaie, des macarons, des capsules de bouteille et Dieu sait quoi encore.

J'ai soulevé le couvre-chef pour lui faire admirer ma nouvelle coupe. Mireille a dessiné un beau «Oh !» tout rond avec ses lèvres en portant la main à la bouche pour ne pas le prononcer trop fort.

— Qu'est-ce qui t'est arrivé ?

Je lui ai raconté ma mésaventure de la veille sans omettre un détail.

— Maintenant, je sais que le fantôme se cache dans la machine à laver. Mais que faire pour nous en débarrasser ?

— Nous pourrions demander au grand-père de Roland.

— Roland ?

— Roland Garneau. Il habite à l'autre bout du village. Son grand-père est un authentique Montagnais.

— Tu veux dire un Amérindien ?

— Oui. Roland m'a raconté une fois qu'il avait été chaman dans sa tribu. Une sorte de sorcier. Peut-être acceptera-t-il de nous aider.

— Allons-y alors.

Mireille a hésité un instant avant de m'expliquer qu'il était un peu bizarre. Pour lui parler, il faudrait obtenir l'aide de Roland, qui n'aimait pas tellement les filles.

— Il n'aime pas les filles ou elles lui font peur ?

Mireille n'y avait jamais pensé de cette façon. Elle a trouvé l'idée amusante. On a donc décidé de vérifier l'hypothèse.

Trouver Roland n'a pas été difficile parce qu'il s'est construit une cabane dans un arbre, à l'orée du bois, et qu'il y passe le plus clair de son temps.

En nous voyant arriver, il a grimpé à toute vitesse dans l'arbre et s'est posté à l'entrée de la cabane, comme s'il allait devoir la défendre au péril de sa vie.

— Qu'est-ce que vous voulez, les filles ? a-t-il crié du haut de son perchoir. Allez-vous en, vous n'avez rien à faire ici.

Je ne me suis pas laissée impressionner.

— Salut, je m'appelle Ariane. Nous aurions besoin de ton aide.

— Mon aide, pour quoi faire ?

— Tu ne veux pas descendre, qu'on en discute ?

— Non. Je t'entends très bien d'ici.

— Bon. Nous venons d'emménager dans la maison sur la colline...

— La maison hantée ?

Je soupirai. Décidément, tout le monde était au courant.

— Oui, la maison hantée. Mireille m'a raconté que ton grand-père s'y connaît en fantômes.

— Mon grand-père sait toutes sortes de choses. C'est un grand chaman.

— Crois-tu qu'il accepterait de nous aider ?

— Peut-être.

— Si tu voulais me présenter, je pourrais le lui demander.

— Vas-y toute seule, il ne quitte jamais la maison. Tu peux lui parler, mais je doute qu'il te réponde. Il n'a pas dit un mot depuis au moins cinq ans. Je crois qu'il est devenu sourd et muet.

Il s'est mis à ricaner.

— Tu ne veux pas nous aider ?

— Moi, je n'ai rien à faire avec les filles.

J'ai fait un clin d'œil à Mireille, puis j'ai dit : «C'est bon, reste là si tu as peur.»

Nous avons tourné les talons et commencé à nous éloigner. Il ne lui a pas fallu beaucoup de temps pour nous rattraper.

— Hé, attends. Qu'est-ce que tu veux dire, peur ?

— Ben oui, peur. Peur des fantômes, quoi ! Tu as peur des fantômes.

— Peur des fantômes, moi ? D'abord, les fantômes ça n'existe pas.

— De quoi as-tu peur alors ? Des filles ?

Ses oreilles sont devenues toutes rouges. Rien que pour prouver que j'avais tort cependant, il a insisté : «Mais puisque je te dis que je n'ai pas peur.»

— D'accord, donc tu nous accompagnes ?

Il a pris un drôle d'air en comprenant qu'il venait de se faire rouler.

— Mouais. Je veux bien vous amener voir grand-père, mais ensuite, vous vous débrouillerez sans moi.

J'ai dit okay en ajoutant qu'il était chouette, puis je l'ai embrassé sur la joue. Ça l'a tellement gêné qu'il n'a presque rien dit avant qu'on arrive chez lui.

Il n'y a vraiment rien de plus facile à manipuler qu'un garçon.

Roland n'avait pas menti. Son grand-père se trouvait à la maison, assis sur le perron, dans une vieille berceuse. Il tenait un bout de bois dans les mains qu'il n'arrêtait pas de tailler avec un gros couteau.

Son visage m'a surpris. Je n'en avais jamais vu d'aussi ridé. Tout brun et ratatiné comme une vieille pomme de terre. On aurait dit que sa peau était en cire et qu'elle avait fondu pour ne laisser que des plis.

— Il s'appelle Pie bavarde, a chuchoté Roland avant d'annoncer : «Grand-père, voici Ariane, elle a quelque chose à te demander.»

Le vieil homme n'a pas bougé. Il sculptait toujours son morceau de bois sans lever les yeux, comme s'il n'y avait rien de plus important au monde.

— Vas-y, m'a soufflé Roland.

Je n'étais pas sûre qu'il avait entendu quoi que ce soit, mais Roland le connaissait certainement mieux que moi.

— Euh... Monsieur Pie bavarde, nous venons d'emménager dans la vieille maison sur la colline et il s'y passe des choses bizarres. On entend de drôles de bruits. Papa prétend que j'ai trop d'imagination, mais je crois qu'un fantôme hante la maison. Vous ne sauriez pas comment s'en débarrasser par hasard ?

J'ai attendu qu'il réponde, en vain. Les copeaux de bois continuaient de voler en l'air avant de retomber par terre, grossir le petit tas qui s'était formé à ses pieds. Je me suis fait la réflexion : «C'est vrai qu'il est sourd.» J'ai interrogé des yeux Roland qui s'est borné à hausser les épaules. J'allais essayer encore une fois quand son grand-père a déposé le couteau et s'est levé. Il était beaucoup plus grand que je l'imaginais. Presque un géant. Il est rentré dans la maison sans se soucier de nous et n'en est plus ressorti.

J'ai tout de même remercié Roland et nous sommes parties.

— Quel drôle de coco ! ai-je confié à Mireille sur le chemin du retour. Je ne sais pas où il est allé chercher son surnom parce que pour une pie, il n'est vraiment pas bavard. Je crois bien que nous allons devoir nous débrouiller toutes seules.

Quand je suis arrivée à la maison, il était près de dix-huit heures. Maman finissait de placer les couverts.

— Va te laver les mains, ma puce, nous allons passer à table.

Je suis montée au premier, mais papa occupait déjà la salle de bains alors, en attendant, je suis allée voir Charlie.

Je suis tombée en pleine bataille. Les robots-insectes contre les robots-avions. Un vrai carnage.

— Salut Charlie.

— 'lut, a-t-il consenti à répondre sans lever les yeux du champ de bataille de crainte de perdre de vue le déroulement des hostilités.

L'idée m'est venue tout à coup que Charlie aurait peut-être une suggestion. Après tout, il ne ratait aucun film d'horreur à la télévision. En quelque sorte, cela faisait de lui un expert en choses surnaturelles.

— Dis donc, Charlie, tu ne saurais pas par hasard comment on se débarrasse d'un fantôme ?

— On pourrait faire un exercice.

— Un exercice ?

— Ben oui. Tu sais comme dans le film, l'autre jour, avec le curé.

— Pas un exercice, idiot. Un exorcisme.

— En tout cas. Pourquoi ne pas essayer ça ?

Ce n'était pas bête comme idée, puis je me suis rappelée la scène où la tête de la petite fille fait un tour complet sur son cou et un frisson m'a parcouru le dos. Je n'avais pas vraiment envie de tenter l'expérience.

— À table tout le monde, a crié maman d'en bas.

Nous sommes descendus dîner.

Pendant le repas, papa et maman se sont mutuellement raconté ce que chacun avait fait durant la journée. Je les écoutais d'une oreille distraite sans vraiment participer à la conversation quand papa s'est adressé à moi : «Ariane, tu n'as pas dit un mot du repas. Quelque chose te tracasse ?»

J'ai levé le nez de mon assiette, mais avant que j'aie pu répondre, maman a lâché sa fourchette qui a fait DINGGG. Le bruit nous a fait tourner la tête vers elle. Sa figure était blanche comme un drap. Elle n'avait vraiment pas l'air dans son assiette. Alors, elle a ouvert la bouche. Ou plutôt non, sa mâchoire est tombée, comme dans les dessins animés, mais pas si bas.

— Que se passe-t-il, ma chérie ? a demandé papa.

On voyait bien qu'elle voulait dire quelque chose. Pourtant, aucun son ne sortait de sa bouche, alors elle a levé le bras et pointé le doigt vers le mur derrière papa.

J'ai regardé du côté qu'elle indiquait et j'ai sursauté.

Un visage se pressait contre la fenêtre de la salle à manger.

— Qu'est-ce que... ? s'est exclamé papa qui s'était retourné pour voir ce qui nous bouleversait tant.

Il s'est levé d'un bond en renversant sa chaise. Trop tard, le visage avait disparu. Il est quand même allé jusqu'à la porte pour savoir qui était l'auteur de cette mauvaise farce. En l'ouvrant, il a fait un saut lui aussi et a reculé involontairement d'un pas. L'embrasure encadrait une sorte de géant au visage plus plissé qu'un vieux pruneau : Pie bavarde, le grand-père de Roland !

— Moi vouloir parler Ariane, a dit le vieil Amérindien d'une grosse voix qui semblait sortir du fond d'un tunnel.

— Tu connais ce monsieur, Ariane ?

— Oui papa. C'est le grand-père de Roland Garneau, un Montagnais. Je l'ai rencontré cet après-midi.

Comme Pie bavarde refusait d'entrer, je l'ai suivi sur le perron.

— Qu'est-ce que je peux faire pour vous, monsieur Pie bavarde.

Sans répondre, il a tendu le bras d'un coup sec à la manière d'un robot. Dans le creux de sa main se trouvait un petit morceau de bois sculpté.

— Comme c'est joli ! C'est pour moi ?

Il a simplement hoché la tête. J'ai pris l'objet pour l'examiner de plus près. C'était la reproduction d'un *papoose*, un bébé indien. On reconnaissait très bien la petite figure qui sortait des langes dans lesquels il était emmailloté. Il souriait, les yeux fermés, comme s'il dormait.

— Ça grande magie. Chasser esprit, a déclaré le grand-père de Roland avant de faire volte-face et de repartir sans ajouter un mot.

J'ai de nouveau regardé la statuette. Il devait s'agir d'une amulette contre le mauvais sort.

Maintenant, Monsieur le fantôme, à nous deux. Rira bien qui rira le dernier.

BYE-BYE MON FANTÔME

J'ai raconté la visite de Pie bavarde à Mireille le lendemain, sans oublier de mentionner le fétiche qu'il m'avait remis.

— Montre, a-t-elle demandé, curieuse.

Je lui ai donné la minuscule sculpture. Elle l'a examinée dans tous les sens.

— Comment est-ce que ça marche ?

Bonne question. L'apparition du vieil homme m'avait si impressionnée que je n'avais pas pensé à me renseigner sur le mode d'emploi du charme. Comment chasse-t-on un fantôme avec un bout de bois ? Nous avons réfléchi là-dessus.

— On dirait un bébé qui dort, ai-je dit. Quand il est mort, le fantôme était un bébé.

— Oui, mais cela s'est passé il y a des dizaines d'années. Maintenant, il doit être très âgé.

Je ne sais pas si les fantômes vieillissent comme des personnes normales, mais j'ai émis une supposition : «Alors, il a sûrement beaucoup de sommeil à rattraper. Peut-être que si on mettait l'amulette dans la laveuse, le fantôme s'endormirait et nous laisserait tranquilles.»

— On peut toujours essayer.

Aussitôt dit, aussitôt fait.

Dans la cave, j'ai prévenu Mireille : «Ne t'approche pas trop, ça pourrait être dangereux.»

La laveuse se tenait tranquille dans son coin, mais j'avais appris à mes dépens qu'il faut se méfier des apparences. J'avais raison de le faire, car quand nous sommes arrivées assez près, elle s'est mise à vibrer et à émettre toutes sortes de sons menaçants. La manivelle de l'essoreuse montait et descendait sans arrêt, avec un bruit aigu.

— On dirait presque des dents qui claquent, a murmuré Mireille, guère rassurée.

— Peut-être qu'il a peur ?

Je me suis approchée. Je me sentais beaucoup moins brave et j'étais prête à prendre les jambes à mon cou si jamais les choses tournaient mal. Qu'allait-il se passer ? Le fantôme allait-il sortir et se jeter sur nous ? La machine cognait de plus en plus fort sur le plancher en béton. N'osant me risquer davantage, j'ai visé soigneusement et jeté l'amulette dans l'ouverture.

Bing !

La manivelle s'est figée, le bras en l'air; la machine s'est immobilisée. Le silence le plus complet régnait dans la cave.

— Tu crois qu'on l'a tué ? s'est inquiétée Mireille.

— Je ne pense pas qu'on puisse tuer un fantôme puisqu'il est déjà mort, l'ai-je rassurée.

— Et maintenant, qu'est-ce qu'on fait ?

— On va voir de plus près.

Nous nous sommes avancées prudemment, en restant sur nos gardes au cas où le fantôme voudrait nous jouer un tour. Je ne tenais pas à perdre d'autres cheveux dans l'aventure. Heureusement, il ne s'est rien produit.

Les rouleaux tournaient comme des neufs, sans grincer. J'y ai fait passer un vieux morceau de tissu sans difficulté. Il n'en est pas ressorti déchiré.

Avec ma lampe de poche, j'ai scruté l'intérieur de la machine. Le *papoose* en bois était bien là, au fond de la cuve, mais de l'eau, il ne restait plus une goutte. Elle s'était volatilisée.

— Je crois qu'on a réussi.

Mireille a poussé un gros soupir de soulagement.

— Ouf ! J'aime mieux ça.

— Je vais laisser l'amulette dans la laveuse, pour être sûre qu'il ne revienne pas.

— Bonne idée, a approuvé Mireille. Ainsi, nous en serons débarrassées pour de bon.

UNE PARTIE DE MACHINE MUSICALE

— Ariane, viens m'aider s'il te plaît.

Voilà deux jours que le fantôme s'est évanoui ou endormi, je ne sais pas, grâce à l'amulette.

Au début, j'avais douté de l'efficacité du petit bout de bois. J'étais persuadée que le fantôme nous jouait un autre tour à sa façon, mais non. Je suis redescendue à la cave à plusieurs reprises et n'y ai trouvé qu'une antique machine à laver bonne pour la ferraille.

Pie bavarde connaît vraiment bien son métier.

— Ariane, tu viens ?

— J'arrive, maman.

L'école recommence bientôt et maman a décidé de trier les vêtements que nous porterons, Charlie et moi, à la rentrée des classes. Il y en a une grosse pile qui attendent sur le plancher d'être rafraîchis par une bonne lessive.

— Que veux-tu que je fasse, maman ?

— Cours au magasin m'acheter une boîte de détersif. Il ne m'en reste que pour un lavage. Prends cinq dollars dans mon porte-monnaie, sur la table.

J'ai fait ce qu'elle m'a dit et suis partie. En cours de route, j'ai croisé Mireille qui venait justement me chercher. Elle a rebroussé chemin afin de m'accompagner à l'épicerie. Tout en marchant, nous avons parlé de l'habileté avec laquelle nous nous étions débarrassées du fantôme.

— Nous devrions lancer une entreprise d'extermination, a-t-elle proposé. Je suis sûre que beaucoup de personnes ont des problèmes avec des fantômes.

Pas bête comme idée. Avec Pie bavarde comme expert-conseil, qui sait si la fortune ne nous attend pas au bout du chemin. Pour nous amuser, nous avons cherché un nom à cette entreprise imaginaire. J'aimais bien «Fantômes secours», mais Mireille pensait que ce serait une erreur de se limiter aux fantômes. Finalement, nous avons toutes les deux penché pour «Les professionnelles du surnaturel». Et en plus, ça rime.

De retour à la maison avec le détersif, j'ai été surprise de trouver maman en train de tordre du linge dans l'évier de la cuisine. Des vêtements mouillés s'entassaient à ses pieds, sur le plancher, avec une flaque d'eau qui s'étalait peu à peu autour.

— Qu'est-ce qui se passe, maman ?

— Quelque chose s'est détraqué dans la machine, elle n'essore plus. J'ai appelé le réparateur. Il doit arriver d'un instant à l'autre. Aide-moi en attendant. Bonjour Mireille.

— Bonjour, madame.

Maman et moi nous sommes attelées à la tâche. De son côté, Mireille a proposé d'essuyer le plancher. Elle a l'habitude, car c'est elle qui s'occupe de cette corvée à l'hôtel.

Nous finissions à peine qu'est arrivée la camionnette du réparateur. Un énorme barbu à casquette en est sorti. Il était si gros que nous nous sommes demandées comment il faisait pour glisser son ventre sous le volant. Son tee-shirt était tellement étiré sur sa bedaine qu'il n'arrivait pas à la cacher entièrement. Entre le bas du maillot et le haut du pantalon apparaissait une bande de peau blême, noire de poils. Quand il s'est retourné, nous avons même aperçu le haut de son caleçon sur lequel dansaient de petits hippopotames roses.

Maman lui a expliqué le problème. L'homme l'a rassurée en lui certifiant qu'il allait tout vérifier.

Comme midi approchait, maman a suggéré à Mireille de rester pour partager notre repas. Mireille a accepté, non sans avoir d'abord appelé sa mère au téléphone pour obtenir sa permission.

Je suis restée distraite tout le temps que nous mettions la table. Cette histoire de machine à laver qui tombait brusquement en panne me tracassait. Aurait-il pu s'agir du fantôme ?

Pendant que nous mangions, j'ai surveillé malgré moi les bruits qui sortaient de la salle de lavage. On a d'abord entendu le réparateur déplacer la machine. Ensuite, il y a eu des outils qu'on remuait et aussi une tôle qu'on enlevait. Sans doute fouillait-il à l'intérieur, car des bing-bang ont succédé aux grincements de vis qu'on desserrait. Ensuite, il a semblé reprendre les mêmes opérations, mais à l'envers. Le réparateur a repoussé la machine à sa place avant de la mettre en marche. J'ai entendu l'eau couler, le tambour tourner et se vider. Finalement, le réparateur a appelé maman.

— J'ai tout vérifié, madame. Elle a l'air de fonctionner correctement. Le tuyau de renvoi était plié. C'est ce qui empêchait sans doute l'eau de s'égoutter.

Maman nous a confié le soin de débarrasser la table afin de reconduire le gros homme jusqu'à la fourgonnette.

— Ariane, m'a-t-elle dit en revenant, il reste quelques vêtements délicats à laver. Voudrais-tu t'en occuper pendant que j'accroche le reste à la corde ?

— Oui, maman.

Mireille m'a suivie à la salle de lavage. J'ai versé du savon dans la cuve et réglé le cycle sur *DÉLICAT*, comme on me l'a appris. L'eau a giclé dans la machine qui a commencé à se remplir. J'ai ramassé les vêtements qui traînaient par terre, y compris le chemisier en dentelle que grand-maman m'a envoyé d'Europe et que j'aime tant. Je l'ai montré à Mireille.

— Regarde, c'est un cadeau de ma grand-mère. On appelle ça de la dentelle de Bruges.

— Super. Je n'en ai jamais vu de si beau.

— C'est mon préféré. Si je le pouvais, je le porterais tous les jours.

— N'oublie pas d'ajouter de l'assouplissant au rinçage, m'a recommandé maman en passant. Je vais faire une course au village, je n'en ai pas pour longtemps.

Maman partie, nous sommes montées dans ma chambre. J'ai sorti le jeu d'échecs, puis nous avons entamé une partie. Environ dix minutes plus tard, Mireille a redressé la tête en tendant l'oreille : «Qu'est-ce que c'est que ce bruit ?»

J'étais tellement concentrée que je n'avais rien entendu du tout. On aurait dit des coups sourds. Le bruit semblait sortir de la salle de lavage.

— Allons voir.

Nous avons dévalé l'escalier. Le tintamarre venait de la machine à laver. J'ai soulevé le couvercle et ce que j'ai aperçu m'a laissée sans voix. L'eau était rouge !

— Peut-être qu'un vêtement a déteint ? a suggéré Mireille.

— Il n'y avait que du blanc.

Nous nous sommes dévisagées avant que Mireille annonce tout haut ce que je pensais tout bas.

— Tu crois que c'est le fantôme ?

Elle aussi avait fait le rapprochement.

— Je ne sais pas.

— Peut-être qu'on devrait arrêter la machine.

J'ai tendu le bras, mais avant que je puisse toucher le bouton, le tambour s'est mis à tourner à une vitesse folle, la cuve s'est vidée en un éclair et la machine a stoppé net. Les vêtements ne semblaient pas teintés. Après tout, il s'agissait peut-être d'un nouveau détersif qui donnait à l'eau cette couleur bizarre.

Après un moment d'hésitation, j'ai plongé la main dans la cuve pour récupérer les vêtements, craintivement d'abord, puis, comme rien ne se produisait, avec plus d'assurance. J'ai tout sorti sauf mon chemisier qui s'était enroulé autour de l'agitateur. J'ai tiré doucement pour le dégager. Rien à faire, il était tout entortillé. J'ai forcé un peu, en faisant bien attention pour ne pas le déchirer, mais l'agitateur a brusquement fait un tour dans l'autre sens. J'ai entendu un *CRRRR* de mauvais augure.

— Qu'est-ce qui est arrivé, s'est alarmée Mireille.

La moitié du chemisier que je lui ai montrée a répondu à sa question.

— Oh non !

J'ai replongé la main dans la machine et, ainsi que je m'y attendais, l'autre morceau du vêtement s'est détaché sans peine, en même temps que retentissait un formidable «HAHAHAHAHAHA».

LA REINE DU PLASTIQUE

J'étais désespérée. Le fantôme était vraiment le plus fort. Nous n'arriverions jamais à nous en débarrasser.

Évidemment, j'aurais pu récupérer l'amulette de Pie bavarde dans la vieille machine pour la jeter dans la neuve. Je suppose que le fantôme aurait réintégré ses pénates dans la cave, mais nous n'aurions pas été plus avancées. Et puis, que penserait maman en trouvant ce bout de bois dans la laveuse ? Je ne voulais pourtant pas passer toute ma vie dans une maison en compagnie d'un fantôme. Encore moins un fantôme capricieux qui faisait des farces de si mauvais goût.

J'ai regardé prudemment dans la machine. Au fond miroitait un peu de liquide rougeâtre, comme dans la vieille, avant que j'y laisse tomber l'amulette.

J'étais de plus en plus convaincue que si j'arrivais à retirer le liquide, le fantôme ne pourrait plus rien contre nous.

J'ai expliqué ma théorie à Mireille.

— Je crois qu'il est prisonnier de l'eau.

Le problème, bien sûr, était que le fantôme, ainsi que j'avais pu m'en rendre compte à mes dépens, ne se laisserait pas faire aisément.

Une idée m'a subitement traversé l'esprit.

Maman a une grosse seringue en plastique dans la cuisine, pour prélever le jus des rôtis, quand elle veut faire une sauce. Peut-être qu'avec cela...

J'ai couru la chercher pour tenter aussitôt l'expérience. Cette fois, le fantôme n'avait pas de rouleaux pour m'agripper les cheveux, mais mieux valait tout de même prendre des précautions. J'ai demandé à Mireille de tenir solidement le couvercle pendant que je me penchais à l'intérieur.

«Je l'ai du premier coup ou jamais», me suis-je dit. J'ai écrasé la poire en caoutchouc pour en expulser l'air et j'ai piqué le bout de la seringue dans le liquide pour l'aspirer. L'eau est remontée à l'intérieur du tube quand j'ai lâché la poire, mais elle a immédiatement reflué pour sortir par l'orifice à l'autre bout et est retombée dans la cuve avec un drôle de FLAC.

Le fantôme n'avait pas dû apprécier l'expérience, car la machine s'est mise à faire des siennes. L'agitateur tournait dans un sens, puis dans l'autre et le couvercle voulait se rabattre sur ma tête.

— Dépêche-toi, m'a avertie Mireille. Je ne pourrai plus tenir longtemps.

Comme l'eau n'arrêtait pas de s'enfuir devant la seringue, j'ai jugé plus prudent d'abandonner.

— Laisse tomber, c'est raté.

Nous sommes retournées réfléchir dans la chambre. Mireille a résumé la situation.

— Il est beaucoup trop malin. Jamais il ne se laissera prendre, à moins qu'on n'arrive à le tromper.

— Qu'est-ce que tu veux dire ?

— Il faudrait qu'il entre tout seul dans un récipient, sans s'en rendre compte.

— Comment ?

Elle m'a exposé son idée : placer un récipient dans la vieille machine, puis jeter l'amulette dans la neuve pour chasser le fantôme qui pénétrerait dans le contenant en croyant réintégrer son ancien logis. Il ne resterait plus qu'à l'enfermer avec le couvercle et le tour serait joué. Le fantôme serait prisonnier.

Son plan ne me paraissait pas mauvais.

Je ne savais pas si on pouvait garder longtemps un fantôme dans un plat en plastique, mais après tout, qui a jamais entendu parler d'un fantôme hanter une machine à laver ?

Nous sommes redescendues à la cuisine. Maman a accumulé toute une série de plats en plastique au fil des ans. J'ai sorti le plus grand avant de filer à la cave.

Le récipient aurait été parfait s'il avait été percé au centre comme un beigne pour laisser passer l'agitateur.

— Zut alors ! On ne peut pas en mettre de plus petit, le fantôme n'aura qu'à se glisser à côté. Où trouvera-t-on un si grand plat avec un trou au milieu ?

— Moi, je sais, a déclaré Mireille.

Et elle m'a raconté l'histoire de Cunégonde Tremblay qui, à dix-huit ans, s'était inscrite à un concours de beauté qu'elle avait gagné haut la main. Cunégonde avait été couronnée *Reine du plastique 1945*.

Le premier prix consistait en un voyage aux chutes Niagara doublé d'un assortiment complet des articles de plastique vendus par la compagnie qui organisait le concours. Depuis, Cunégonde n'avait jamais cessé d'agrandir sa collection.

Si on lui en avait donné le choix, elle se serait fait construire une maison en plastique, mais l'entrepreneur le lui avait déconseillé. Le plastique était plutôt froid en hiver et avait tendance à ramollir en été. À contrecœur, Cunégonde avait donc accepté que sa maison soit fabriquée de matériaux plus traditionnels. L'extérieur, en tout cas.

— C'est ici, a dit Mireille en cognant à la porte. Tu vas voir, elle est très gentille.

La porte s'est ouverte sur une vieille dame aux cheveux blancs enroulés sur des bigoudis de plastique multicolores. Elle portait un tablier de plastique rose autour de la taille et un bonnet de la même matière sur la tête.

— Bonjour, madame Tremblay.

— Oh ! C'est toi, ma petite Mireille. Bonjour. Entrez, entrez. C'est si gentil de me rendre visite.

Nous l'avons suivie à l'intérieur.

Jamais je n'avais vu autant de plastique de ma vie. Il y avait des tables et des chaises en plastique, des rideaux en plastique, des abat-jour en plastique sur des lampes en plastique. Le tapis était fabriqué d'une sorte de plastique tressé et des housses de plastique recouvraient les meubles.

— Asseyez-vous, asseyez-vous, je vais chercher des biscuits.

J'ai continué de regarder autour de moi. Le papier peint était en vinyle – une sorte de plastique. Des fleurs en plastique égayaient des vases du même matériau et d'innombrables cadres en plastique étaient accrochés aux murs. Je n'en revenais pas. Il y avait même un chat et un chien en plastique !

Madame Tremblay est revenue avec les biscuits sur une assiette en plastique posée sur un plateau en... plastique ! J'ai remarqué que ses pantoufles aussi étaient fabriquées de plastique.

— Servez-vous, servez-vous. Et comment s'appelle ta petite amie, Mireille ?

— Ariane, madame, ai-je répondu. Mes parents ont acheté la maison sur la colline.

— Oui, oui, j'en ai entendu parler. Aimeriez-vous un verre de lait avec vos biscuits ?

D'un cruchon en plastique, elle a versé du lait dans des verres en plastique.

— J'espère que les biscuits ne sont pas en plastique, ai-je soufflé tout bas à Mireille pendant que la vieille dame rapportait le lait à la cuisine.

Mireille a pouffé.

— Et que me vaut le plaisir de votre visite ? s'est informée madame Tremblay en revenant s'asseoir dans le salon.

Mireille lui a expliqué ce que nous cherchions : un plat d'une taille et d'une forme bien spéciales, avec un couvercle, en se gardant bien toutefois de lui préciser pourquoi nous en avions besoin. Les yeux de la vieille dame se sont mis à pétiller de gaieté et elle a souri comme si nous venions de lui faire le plus beau cadeau du monde.

— Un grand plat rond, percé au centre ? a-t-elle répété. J'ai sûrement ça quelque part. Attendez-moi un instant.

Quand elle s'est levée, le coussin de plastique sur lequel elle était assise a fait *pschitt*.

Nous sommes restées à grignoter des biscuits pendant que le bruit de millions de récipients en plastique qu'on déplaçait sortait d'une pièce derrière nous.

Madame Tremblay a reparu quelques minutes plus tard avec trois plats.

— Voilà ce que j'ai trouvé. Y en a-t-il un qui ferait votre affaire ?

Deux des contenants étaient trop petits, mais le troisième paraissait avoir la bonne grandeur.

— Pourrions-nous emprunter celui-là ?

— Bien sûr, ma chérie, tu n'as qu'à me le ramener quand tu en auras terminé. Si tu savais comme cela me fait plaisir.

Nous sommes reparties avec le grand plat et des biscuits, dans un sac en plastique.

RIRA BIEN QUI PLEURERA LE DERNIER

Il était près de seize heures quand nous sommes arrivées à la maison. Maman était revenue du village et s'était déjà lancée dans les préparatifs du repas du soir.

— Ah ! Vous voilà. Où étiez-vous passées ? Mireille, ta mère a appelé deux fois. Elle voudrait que tu sois à la maison au plus tard à dix-sept heures trente.

— Merci, madame.

Nous avions juste le temps de mettre notre plan à exécution. Nous sommes d'abord descendues à la cave où j'ai récupéré l'amulette de Pie bavarde, que j'ai glissée dans ma poche. Le plat de madame Tremblay entrait exactement dans la cuve. Il couvrait tout le fond du panier.

— Allons-y.

J'ai remonté l'escalier, suivie de Mireille.

— Tu crois que ça va marcher ?

— Je ne sais pas. On va voir.

Dans la salle de lavage, j'ai soulevé le couvercle de la machine à laver, qui était vide à l'exception d'un filet d'eau rougeâtre : le fantôme. En retenant mon souffle, j'ai jeté l'amulette qui a fait *TINGGG*. Nous nous sommes penchées au-dessus de l'ouverture. Plus d'eau. Elle avait disparu comme par magie.

— Vite.

Nous nous sommes précipitées à la cave. Avec la lampe de poche, j'ai vérifié l'intérieur de la vieille lessiveuse. L'eau se trouvait dans le plat.

Il ne restait plus qu'à fermer le couvercle.

Le fantôme devait se douter que quelque chose allait de travers car la machine a commencé à bouger très fort. L'agitateur s'est mis de la partie en tournant comme un fou. La manivelle en a fait autant et menaçait constamment de m'assommer.

— Vous en faites du vacarme ! a crié maman d'en haut.

J'ai tout de même réussi à placer le couvercle sur le récipient et à le fermer. Alors, tout s'est arrêté. Nous avions réussi. Le fantôme était notre prisonnier.

— Qu'est-ce qu'on va en faire, maintenant ? a demandé Mireille quand j'ai retiré le plat de la machine.

Je n'y avais pas réfléchi.

On ne pouvait tout de même pas le laisser indéfiniment dans le plat de madame Tremblay.

— Et si on le jetait dans l'évier ?

— Je ne sais pas si c'est une bonne idée. Je ne crois pas que ce soit vraiment de l'eau. Je ne voudrais pas qu'il reste dans les tuyaux et en retrouver un jour un petit bout sur ma brosse à dents.

— Alors vidons-le à l'extérieur. Dehors, il ne pourra pas faire grand-chose.

— Génial !

Nous sommes sorties dans le jardin pour trouver un coin convenable à notre opération de «nettoyage».

— Là ?

Mireille m'a montré un petit espace de terre battue qui formait cuvette entre quelques grosses pierres.

— Parfait.

J'ai retiré le couvercle du grand plat et retourné celui-ci pour le débarrasser de son contenu. Le fantôme a rempli le fond du bol improvisé, mais la terre n'a pas absorbé le liquide. Il est resté comme une grosse boule de gélatine un peu rouge sur le sol. À la plage, on aurait pu la confondre avec une méduse.

Pendant quelques minutes, il ne s'est rien passé, puis une espèce de tentacule s'est formé et le fantôme a essayé d'escalader les grosses pierres qui l'entouraient. Cela me rappelait les amibes que nous avions observées au microscope, l'an dernier, au cours de biologie.

— Il va se sauver, s'est alarmée Mireille, heureusement sans raison, car une fois parvenu à mi-hauteur, le fluide est retombé dans le trou.

Nous l'avons observé répéter sa tentative une dizaine de fois, sans plus de succès. Maman m'a alors crié de rentrer en rappelant à Mireille qu'il était temps de partir. Nous nous sommes promis de revenir voir dans le jardin le lendemain s'il y avait du nouveau.

Ensuite, le fantôme m'est complètement sorti de la tête. Puis est venue l'heure de se coucher.

Je dormais profondément quand un bruit m'a réveillée en sursaut. Une grande forme blanche se penchait au-dessus de mon lit.

— Aaaaah !

— Calme-toi, Ariane. C'est papa. J'ai entendu crier. Je pensais que c'était toi qui appelais.

— Non, non, je dormais. C'est peut-être Charlie ?

— Je reviens de sa chambre. Il dort comme un loir. Sans doute ai-je fait un cauchemar. Je retourne me coucher. Rendors-toi. Bonne nuit.

— Bonne nuit.

Il est sorti en refermant doucement la porte derrière lui.

J'aurais bien aimé me rendormir. Malheureusement, j'étais tout à fait réveillée. J'ai tourné et tourné dans mon lit en espérant que revienne le sommeil, mais sans succès.

Puis, j'ai entendu le bruit moi aussi.

On aurait dit de petits cris d'animal. Des gémissements plutôt, ou même des pleurs. Et ils semblaient venir de dehors. J'ai tendu l'oreille. Oui, ils venaient bien de l'extérieur. Je me suis levée pour regarder par la fenêtre. Avec la Lune, on y voyait comme en plein jour. Pourtant, le haut de la colline – en fait l'arrière de la maison – était absolument désert. J'ai entrouvert doucement la fenêtre pour mieux entendre. Je ne m'étais pas trompée, le bruit émanait bien de là.

La curiosité étant la plus forte, j'ai empoigné ma lampe de poche et suis descendue sur la pointe des pieds pour ne réveiller personne.

L'horloge de la cuisine marquait quatre heures du matin.

Dehors, tout était silencieux, à l'exception de ce son étrange. Plus je m'en approchais et plus il me rappelait quelque chose. On aurait dit des... des... des pleurs de bébé !

Le fantôme pleurait !

En l'entendant se lamenter, j'ai vraiment eu honte de moi. Après tout, il ne m'avait jamais fait de mal. D'accord, il m'avait joué quelques tours pendables, mais rien de bien méchant. Et moi, je l'avais jeté dehors. Tout seul dans le froid et le noir, il devait avoir peur, comme tous les petits fantômes de son âge.

Je suis rentrée en vitesse à la maison, j'ai pris le bocal le plus confortable que j'aie pu trouver et je suis ressortie. Le fantôme a dû comprendre mon intention, car il s'est empressé d'entrer dans le pot en verre que j'ai refermé. Je l'ai ramené avec moi à l'intérieur.

Je ne voulais pas le laisser dehors, mais pas question non plus qu'il réintègre la laveuse. Non, je devais trouver une autre solution.

Je me suis brusquement rappelée que papa avait parlé de se rendre à Québec le lendemain. S'il acceptait de nous emmener, Mireille et moi, je savais ce que je ferais du fantôme.

ÉPILOGUE

— Les gens avalent vraiment n'importe quoi ! s'est exclamé papa une semaine plus tard, en lisant son journal. Écoute ça, ma chérie.

Les revenants font la lessive

Grand émoi dans la vieille ville. Des habitants de la rue Saut-au-Matelot soutiennent que la buanderie située dans la même rue est hantée !

Depuis une semaine environ, on y assiste en effet à des phénomènes étranges : machines qui démarrent et s'arrêtent toutes seules, couvercles qui claquent, vêtements qui se décolorent ou se déchirent de façon inexplicable. Mais aucun bruit de chaîne ni hurlement ! Les spécialistes d'Hydro-Québec penchent pour une anomalie du réseau. Ils n'ont cependant rien trouvé jusqu'à présent pour étayer leur hypothèse.

Une habituée des lieux prétend avoir entendu à plusieurs reprises des rires d'enfant. Se pourrait-il qu'on lave des couches même dans l'au-delà ?

— Quelles sornettes ! Un fantôme dans une buanderie ! Et pourquoi pas une machine à laver hantée ?

J'ai souri en l'entendant. Si seulement il savait la vérité.

La rue Saut-au-Matelot n'est qu'à un pas du Naturalium, que nous avons visité la semaine dernière, Mireille et moi. S'il nous avait accompagnées, papa aurait finalement compris pourquoi je tenais mordicus à emmener avec moi le gros bocal rempli à moitié d'eau sale que je serrais précieusement contre moi dans la voiture !